사랑만이 남는다

사랑만이
남는다

나태주 시집

마음
서재

사랑만이 답입니다

누군가, 나보다 나이 젊은 사람이 인생에 대해서 묻는다면 첫째도 사랑이고 둘째도 사랑이고 셋째도 사랑이라고 말하고 싶습니다. 그동안 우리는 사랑하지 못해서 우울하고, 사랑하지 못해서 슬프고, 사랑하지 못해서 불안하고, 끝내 사랑하지 못해서 불행했던 거라고 고백하고 싶습니다.

영국의 전설적인 문인 셰익스피어는 그의 소네트에서 인간이 영원히 사는 길은 '자식'과 '사랑'과 '사랑의 시'라고 말했다고 그럽니다. 그렇습니다. 사랑하는 마음을 담아 시로 쓰면 그 시와 함께 사랑하는 마음은 영원히 사는 목숨이 되고, 더구나 그 시의 대상이 된 사람은 죽지 않는 사람으로 숨 쉬게 됩니다.

올봄, 어느 자리에선가 선배 시인에게서 들은 일이 있습니다. 사람은 자기가 사랑한 사람에 대한 기억보다도 자기를 사랑해준 사람에 대한 기억을 더 오래 더 아름답게 하는 거라고. 이 또한 그렇습니다. 사람은 누구나 어린 시절, 어머니에게서 받은 사랑을 못 잊습니다. 받은 사랑을 오래 기억하는 까닭입니다.

사랑만이 답입니다. 사랑만이 남습니다. 하므로 우리는 사랑해야 하고 사랑받아야 합니다. 사랑은 결코 무지개가 아닙니다. 우리 가까이 우리 가슴에 늘 준비된 마음입니다. 나의 시를 통해 세상 사람들에게 사랑을 드리고 싶습니다. 세상의 모든 애인들을 위하여. 모든 아내들을 위하여. 모든 딸들을 위하여.

당신들을 통해, 나의 시를 통해 내가 영원히 사는 목숨이고픈 이유에서입니다. 괴테는 그의 작품 《파우스트》 끝부분에서 이런 말을 했다고 합니다. "영원히 여성적인 것이 우리를 인도한다." 사랑이 또 우리를 영원으로 인도할 것을 믿습니다.

2020년 세밑에
나태주 씁니다.

시인의 말 **사랑만이 답입니다** ·4

1부

남몰래 혼자 부르고 싶은 이름
세상의 모든 애인들에게

사랑이 올 때	·15	너도 그러냐	·40
창문을 연다	·16	황홀극치	·42
너 보고 싶은 날	·18	나무	·44
사랑 1	·20	사무쳐요	·45
약속	·21	하나님만 아시는 일	·46
가을 편지	·22	사랑은 언제나 서툴다	·48
강변	·24	개양귀비	·50
나의 소망	·26	그 말	·51
단순한 사랑	·27	사랑은	·52
바로 말해요	·28	사는 법	·54
몽환	·30	근황	·55
살아갈 이유	·31	나 오늘 왜 이러죠	·56
태풍 소식	·32	이별	·58
그러므로	·34	가슴에 남아 보석입니다	·60
별	·36	섬	·61
떠난 자리	·37	가슴이 꽉 막힐 때	·62
비밀일기 1	·38	진종일	·63
휘청	·39	들국화 1	·64

전화선을 타고 ·66

어떤 문장 ·67

가을의 약속 ·68

그리운 사람 너무 멀리에 있다 ·72

바람이 분다 ·73

별리 ·74

말은 그렇게 한다 ·76

오늘도 그대는 멀리 있다 ·77

겨울 차창 ·78

언제까지 ·80

오늘의 약속 ·82

하나님께 ·84

너를 알고 난 다음부터 ·86

떠나는 사람에게 ·88

꽃피는 도화동 ·90

사랑 2 ·92

대숲 아래서 ·93

이제 바람이 찹니다 ·96

모를 일 ·98

끝내 하지 못한 말 ·100

들국화 2 ·101

나무에게 말을 걸다 ·102

가을 서한 1 ·103

가을 서한 2 ·106

보고 싶은 날 ·108

내가 너를 ·110

바람에게 묻는다 ·112

그리움 ·113

배회 ·114

산수유꽃 진 자리 ·115

사랑의 기쁨 ·116

세상에 나와 나는 ·118

첫눈 ·120

보고 싶다 ·122

꽃 1 ·123

2부

당신 있음이 그냥 행복이다
세상의 모든 아내들에게

선물 1	·127	비밀일기 2	·153
너에게 감사	·128	끝끝내	·154
점	·130	연애	·155
봄비	·132	목련꽃 낙화	·156
부끄러움	·133	오랜 사랑	·158
뜻대로 하소서	·134	그런 사람으로	·159
나의 사랑은 가짜였다	·135	다시없는 부탁	·160
사랑의 방식	·136	사랑에의 권유	·162
바람 부는 날	·138	선물 2	·164
사랑에 답함	·140	비단강	·166
꽃 2	·142	들길을 걸으며	·168
꽃 3	·143	맨발	·170
별짓	·144	지는 해 좋다	·172
맑은 하늘	·146		
벗은 발	·147		
주제넘게도	·148		
지상에서의 며칠	·149		
때로 사랑은	·150		
꽃 4	·152		

3부 너를 생각하면 가슴속에 새싹이 돋아나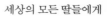

세상의 모든 딸들에게

봄의 사람	·177	안부	·205
너에게 고마워	·178	멀리서 빈다	·206
사랑받는 사람	·179	그리움	·208
청춘을 위하여	·180	사진을 찍으며	·210
혼자서	·183	너에게 보낸다	·212
웃기만 한다	·184	겨울에도 꽃 핀다	·214
서로가 꽃	·185	잘 가라 내 사랑	·216
길거리에서의 기도	·186	너의 총명함을 사랑한다	·218
축하	·188	청춘을 위한 자장가	·220
사랑 3	·189	머플러를 사서 보낼게	·222
너를 두고	·190	너 떠난 뒤	·223
행복	·192	좋다	·224
내가 사랑하는 사람	·194	그래도	·225
가난한 소망	·196	너에게 안녕	·226
태풍 다음 날	·198	참말로의 사랑은	·228
오지 못하는 마음	·199	꿈꾸노니	·229
사랑이거든 가거라	·200	용납하옵소서	·230
너의 이름	·202		
아이와 작별	·204		

하늘이 좋다

바람이 좋다

이 좋은 바람

이 좋은 하늘

너에게 보낸다.

1부

남몰래 혼자
　　부르고 싶은
이름

세상의 모든
애인들에게 ──────────

사랑이 올 때

가까이 있을 때보다
멀리 있을 때
자주 그의 눈빛을 느끼고

아주 멀리 헤어져 있을 때
그의 숨소리까지 듣게 된다면
분명히 당신은 그를
사랑하기 시작한 것이다

의심하지 말아라
부끄러워 숨기지 말아라
사랑은 바로 그렇게 오는 것이다

고개 돌리고
눈을 감았음에도 불구하고.

창문을 연다

나는 지금 창문을 연다
창문을 열고
어두운 밤하늘의 별들을 본다

밤하늘에 빛나는 별들
그 가운데에서 제일로
예쁜 별 하나를 골라 나는
너의 별이라고 생각해본다

별과 함께 네가
내 마음속으로 들어온다
내 마음도 조금씩
밝아지기 시작한다

나는 이제 혼자라도
혼자가 아니다
우리는 멀리 헤어져 있어도
헤어져 있는 게 아니다

밤하늘 빛나는 별과 함께
너는 빛나는 별이다
너의 별을 따라 나 또한
빛나는 별이다.

너 보고 싶은 날

잘 있겠지
잘 있을 거야
문득문득
네가 보고 싶어

버릇처럼
하늘 보고
구름 보고 또
마음을 들여다본다

거기
우물이라도 한 채
있을까?
청동빛 오래된 우물

구름이라도
흐를까?
바람이라도
스칠까?

너의 얼굴이라도
조금
보였음 좋겠다.

사랑 1

오늘 나는 많이
네 목소리가
듣고 싶었다

들릴 듯
들리지 않을 듯

지구 혼자
돌아가는 소리가
문득 궁금해졌다.

약속

내일
그 애를 다시 만나기로 했다

얼른 보고 싶어
조바심

오늘이 내일이었음
좋겠다.

가을 편지

사랑한다는말을
끝까지아끼면서
사랑한다는말을
하기는어려웠다.

강변

모처럼 바람이 좋구나
우리 손 잡고 멀리 가자
잡은 손 놓지 말고
멀리까지 가보자

사람들이 보고 있어요
그러면 등 뒤로 잡은 손
숨기고 가야지
그래도 바람이 보고 있어요

손을 잡고서도 그리운 마음
얼굴 보고서도 보고픈 마음
강물에게나 실어보내자
바람에게나 날려보내자

오늘따라 바람 좋은 날
강물도 좋은 날
못 만나는 사이 네가 많이
예뻐졌구나.

나의 소망

별일 아냐, 다만
목소리 듣고 싶어서
전화했어

별일 아냐, 다만
너 지금 뭐 하고 있나
궁금해서 전화했어

목소리 들었으니 됐어
뭐 하고 있나 알았으니 됐어
오늘 하루도 잘 있기 바라
잘 견디기 바라

운이 좋으면 다시 만나기 바라
다음에도 웃으며 만나기 바라
내 소망은 거기까지야.

단순한 사랑

가을이 어서 왔으면 좋겠다

가을길 햇빛을 따라
네가 웃으면서
내게로 올 것만 같아서

여름이 어서 갔으면 좋겠다

가을의 옷자락을 밟으며
내가 웃으면서
너를 만나러 갈 수 있을 것만 같아서.

바로 말해요

바로 말해요 망설이지 말아요
내일 아침이 아니에요 지금이에요
바로 말해요 시간이 없어요

사랑한다고 말해요
좋았다고 말해요
보고 싶었다고 말해요

해가 지려고 해요 꽃이 지려고 해요
바람이 불고 있어요 새가 울어요
지금이에요 눈치 보지 말아요

사랑한다고 말해요
좋았다고 말해요
그리웠다고 말해요

참지 말아요 우물쭈물하지 말아요
내일에는 꽃이 없어요 지금이에요
있더라도 그 꽃은 아니에요

사랑한다고 말해요
좋았다고 말해요
당신이 오늘은 꽃이에요.

몽환

만지기만 해도
손바닥에 묻어날 것 같은
꿈

안기만 해도
개울물이 되어 스러질 것 같은
몸

눈을 감으면 보이고
눈을 뜨면 보이지 않으니
이걸 어쩜 좋단 말이냐!

살아갈 이유

너를 생각하면 화들짝
잠에서 깨어난다
힘이 솟는다

너를 생각하면 세상 살
용기가 생기고
하늘이 더욱 파랗게 보인다

너의 얼굴을 떠올리면
나의 가슴은 따뜻해지고
너의 목소리 떠올리면
나의 가슴은 즐거워진다

그래, 눈 한번 질끈 감고
하나님께 죄 한번 짓자!
이것이 이 봄에 또 살아갈 이유다.

태풍 소식

멀리멀리 바다에서
태풍이 온다는 소식
끔찍하고도 무섭지만

태풍 속에 묻어오는
너의 숨소리
머언 바다 거친 바다
함께 너의 숨소리

두렵고도 반가워
내가 오늘도 살아서
숨 쉬는 사람인 것 고맙고
너를 사랑하는 것 고마워

비바람 속에서도 꼿꼿이

고개 들고 서 있는

백일홍꽃 붉은 꽃

눈여겨보고 또다시 본단다.

그러므로

너는 비둘기를 사랑하고
초롱꽃을 사랑하고
너는 애기를 사랑하고
또 시냇물 소리와 산들바람과
흰 구름까지를 사랑한다

그러한 너를 내가 사랑하므로
나는 저절로
비둘기를 사랑하고
초롱꽃, 애기, 시냇물 소리,
산들바람, 흰 구름까지를 또
사랑하는 사람이 된다.

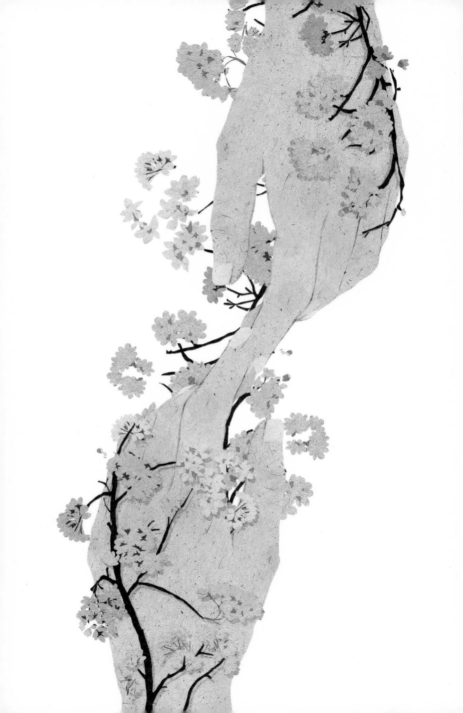

별

너무 일찍 왔거나 너무 늦게 왔거나
둘 중에 하나다
너무 빨리 떠났거나 너무 오래 남았거나
또 그 둘 중에 하나다

누군가 서둘러 떠나간 뒤
오래 남아 빛나는 반짝임이다

손이 시려 손조차 맞잡아줄 수가 없는
애달픔
너무 멀다 너무 짧다
아무리 손을 뻗쳐도 잡히지 않는다

오래오래 살면서 부디 나
잊지 말아다오.

떠난 자리

나 떠난 자리
너 혼자 남아
오래 울고 있을 것만 같아
나 쉽게 떠나지 못한다, 여기

너 떠난 자리
나 혼자 남아
오래 울고 있을 것 생각하여
너도 울먹이고 있는 거냐? 거기.

비밀일기 1

하나님 딱 한 번만 눈감아주십시오

햇빛 밝은 세상에 숨 쉬고 있는 동안
이 조그만 여자 하나
가슴에 품고 살아가는 죄 하나만
용서하십시오

키가 작은 여자
눈이 작은 여자
꿈조차 작은 여자

잠시만 이 여자 사랑하다 감을 용서하소서.

휘청

너를 보면
볼 때마다 휘청!
비틀거린다

쓰러질 듯 쓰러질 듯
쓰러지지 않는
피사의 사탑

그런 나를 보고 너는
저의 미모에 반해서
그런 거라며 농을 놓는다

또다시 휘청!
마음속 바다가
한쪽으로 기운다.

너도 그러냐

나는 너 때문에 산다

밥을 먹어도
얼른 밥 먹고 너를 만나러 가야지
그러고
잠을 자도
얼른 날이 새어 너를 만나러 가야지
그런다

네가 곁에 있을 때는 왜
이리 시간이 빨리 가나 안타깝고
네가 없을 때는 왜
이리 시간이 더딘가 다시 안타깝다

멀리 길을 떠나도 너를 생각하며 떠나고
돌아올 때도 너를 생각하며 돌아온다
오늘도 나의 하루해는 너 때문에 떴다가
너 때문에 지는 해이다

너도 나처럼 그러냐?

황홀극치

황홀, 눈부심
좋아서 어쩔 줄 몰라 함
좋아서 까무러칠 것 같음
어쨌든 좋아서 죽겠음

해 뜨는 것이 황홀이고
해 지는 것이 황홀이고
새 우는 것 꽃 피는 것 황홀이고
강물이 꼬리를 흔들며 바다에
이르는 것 황홀이다

그렇지, 무엇보다
바다 울렁임, 일파만파, 그곳의 노을,
빠져 죽어버리고 싶은 충동이 황홀이다

아니다, 내 앞에
웃고 있는 네가 황홀, 황홀의 극치다

도대체 너는 어디서 온 거냐?
어떻게 온 거냐?
왜 온 거냐?
천년 전 약속이나 이루려는 듯.

나무

너의 허락도 없이
너에게 너무 많은 마음을
주어버리고
너에게 너무 많은 마음을
뺏겨버리고
그 마음 거두어들이지 못하고
바람 부는 들판 끝에 서서
나는 오늘도 이렇게 슬퍼하고 있다
나무 되어 울고 있다.

사무쳐요

안 그래야지, 그러다가도 눈물이 나요
좋은 음악 듣다가도 울컥해지고
고마리, 여뀌풀, 시드는 가을 풀꽃들
저것들이 내 꼴이지 싶어 안쓰러워요

더구나 당신 어여쁘다
손가락질했던 보라색 풀꽃들
이름 몰라 그냥 꿀풀꽃이라고만 대답해줬던
꽃향유란 이름의 어여쁜 가을 풀꽃들

골짜기에 지천으로 피어나 모조리
나보고 아는 체하니 가슴이 사무쳐요
당신의 보랏빛 미소를 닮은 것 같아
나 혼자 보기 차마 가슴이 미어져요.

하나님만 아시는 일

사랑하는 사람 있지만
이름을 밝힐 수 없어요

이름을 밝히면 벌써
그 마음 변하기 때문이지요

혼자서도 떠오르는 얼굴 있지만
얼굴을 알려줄 수 없어요

얼굴을 알려주면 벌써
그 마음 사라지기 때문이지요

그것은 오직
하나님만 아시는 일이에요.

사랑은 언제나 서툴다

서툴지 않은 사랑은 이미
사랑이 아니다
어제 보고 오늘 보아도
서툴고 새로운 너의 얼굴

낯설지 않은 사랑은 이미
사랑이 아니다
금방 듣고 또 들어도
낯설고 새로운 너의 목소리

어디서 이 사람을 보았던가……
이 목소리 들었던가……
서툰 것만이 사랑이다
낯선 것만이 사랑이다

오늘도 너는 내 앞에서

다시 한번 태어나고

오늘도 나는 네 앞에서

다시 한번 죽는다.

개양귀비

생각은 언제나 빠르고
각성은 언제나 느려

그렇게 하루나 이틀
가슴에 핏물이 고여

흔들리는 마음 자주
너에게 들키고

너에게로 향하는 눈빛 자주
사람들한테도 들킨다.

그 말

보고 싶었다
많이 생각이 났다

그러면서도 끝까지
남겨두는 말은
사랑한다
너를 사랑한다

입속에 남아서 그 말
꽃이 되고
향기가 되고
노래가 되기를 바란다.

사랑은

사랑은
안절부절

사랑은
설렘

사랑은
서성댐

사랑은
산들바람

사랑은
나는 새

사랑은
끓는 물

사랑은
천干의 마음.

사는 법

그리운 날은 그림을 그리고
쓸쓸한 날은 음악을 들었다

그리고도 남는 날은
너를 생각해야만 했다.

근황

요새
네 마음속에 살고 있는
나는 어떠니?

내 마음속에 들어와
살고 있는 너는 여전히
예쁘고 귀엽단다.

나 오늘 왜 이러죠

가을이 너무 많아요
얼른 가을이 지나가버리고 차라리
얼음 찬 겨울이 들이닥쳤음 좋겠어요
당신 내게 데리고 온 가을
가을만 덩그러니 남기고 당신
훌쩍 떠나버린 자리
가을과 나만 둘이서 마주 앉은 날들이
너무 많아요

무심히 피어 있는 뜨락의 국화꽃 덤불

국화꽃 덤불 위에 지나가던 바람이 몸을 얹고

흔들거리는 것도 차마 못 보아주겠어요

나날이 단풍의 물이 들어가는 나무들도 그러하지만

일찍 떨어져 땅바닥에 뒹굴다가

발길에 밟히며 소리 내는 낙엽은

더더욱 못 보아주겠는 맘이에요

나 오늘 왜 이러죠?

이별

사랑해
사랑해
사랑해

알았어
알았어
잘있어

울지마
울지마
울지마.

가슴에 남아 보석입니다

편지를 써야지, 써야지
생각만으로 며칠을 살았습니다
전화라도 한번 걸어야지
걸어야지 하면서 또 며칠을 견뎠습니다

바람은 오늘도 목덜미에 낯설고
햇살은 더욱 서글픈 눈을 뜨기 시작하고
낮시간은 날마다 짧아갑니다
우리가 맞이할 날들도 그러할 것이 분명합니다

당신과 헤어져 살고 있는 동안
아름답게 살자던 그
약속만은 잊지 않았습니다
오랜 날에 이루었던 빛바랜
약속만은 아직도 가슴에 남아 보석입니다.

섬

너와 나
손잡고 눈 감고 왔던 길

이미 내 옆에 네가 없으니
어찌할까?

돌아가는 길 몰라 여기
나 혼자 울고만 있네.

가슴이 콱 막힐 때

가슴이 콱 막힐 때 있습니다. 답답해서 숨을 못 쉴 것만 같을 때 있습니다. 내 마음속에 당신이 너무 크게 자리 잡고 있는 탓으롭니다. 그렇게는 살지 못하지요. 잠시만 당신을 마음 밖으로 나가 살게 할까 합니다.

소나무, 버즘나무, 오동나무 줄지어 선 뜨락의 한구석, 당신을 한 그루 감나무로 세워두려고 그럽니다. 매미 소리 햇빛처럼 따갑게 쏟아지는 한여름을 그렇게 벌 받고 서 계신다면 분명 당신의 가지에 열린 감알들도 조금씩 가슴이 자라서 안으로 단물이 들어가겠지요.

어렵사리 우리의 첫 번째 가을이 찾아오는 날. 우리는 붉게 익은 감알들을 올려다보며 감나무 아래 오래도록 서 있어도 좋겠습니다. 서로의 가슴속에 붉고 탐스럽게 익은 감알들을 훔쳐보며 어린아이들처럼 철없는 웃음을 입술 가득 베어 물어도 좋을 것입니다.

진종일

진종일 방 안에 갇혀
생각하는 단 한 사람이 있었습니다

진종일 방 안에 갇혀
떠오르는 단 하나의 얼굴이 있었습니다

밤마다 꿈속에서
만나는 단 하나의 얼굴이 있었습니다

산에는 낙엽 갈리는 소리
가슴속에는 그대 속삭임 소리.

들국화 1

바람 부는 등성이에
혼자 올라서
두고 온 옛날은
생각 말자고,
아주아주 생각 말자고

갈꽃 핀 등성이에
혼자 올라서
두고 온 옛날은
잊었노라고,
아주아주 잊었노라고

구름이 헤적이는

하늘을 보며

어느 사이

두 눈에 고이는 눈물

꽃잎에 젖는 이슬.

전화선을 타고

전화선을 타고
쌀 씻는 소리
설거지하는 달그락 소리

아, 오늘도 잘 사셨군요

전화선을 타고
텔레비전 소리
나직하게 들리는 음악 소리

아, 오늘도 잘 쉬고 계시는군요

고맙습니다.

어떤 문장

보고 싶다
보고 싶었다

내 일생을 요약하는
두 줄의 문장

말하고 나면 마음이
조금 풀리고

네가 내 앞에 와
웃어주기도 했었다.

가을의 약속

오늘도 흐린 하늘 어두운 구름 아래
가을을 가슴 가득 품어봅니다

가을이면 가을이 오면 다시 오마
그리운 사람 정다운 사람 내게
약속한 일 있었거든요

구절초 새하얀 언덕을 넘어
맑고 푸른 하늘 등에 지고서
치맛자락 날리며 머리카락 날리며
내게 오마 약속한 일 있었거든요

가을이여, 가을이여 어서 오시라
그리운 사람이여 어서 오시라
당신은 이제 나에게 한 송이 새하얀 구절초
우물같이 푸르른 가을의 하늘, 가을의 사람

흐린 하늘 어두운 구름 아래 오늘도 나는
가슴 가득 당신을 품어봅니다.

그리운 사람 너무 멀리에 있다

그림도 한 장 제대로 그려보지 못하고
이 좋은 가을을 그냥 돌려보낸다
이 좋은 가을의 나무와 산과 꽃과 풀들을
섭섭하게 떠나보낸다

어제오늘 눈에 띄게 꽃들은 시들고
바람도 많이 싸늘해졌다
더욱 쇠약해진 햇빛 아래 흰 구름은
갈 곳 없는 사람처럼 서 있다가 떠나가버리고

나는 오늘도 이렇게 혼자
볕바른 창가에 앉아 있을 뿐
그리운 사람 지금은 너무 멀리에 있다
그리운 사람 너무 오래 소식 끊겼다.

바람이 분다

내 마음은 버들잎인가,
오늘은 바람이 많이 불고
내 마음은 바람 따라 떨고 있다

뉘라서 흐르는 바람을 잡을 수 있고
뉘라서 사랑하는 마음을 볼 수 있으며
뉘라서 변하는 마음을 막을 수 있으랴

오늘, 그리운 너 멀리 있기에
더욱 그리웁고
어리석은 나, 마음을 붙잡을 수 없어
너 보고픈 생각의 노예가 된다

내 마음은 바람개빈가,
오늘은 바람이 많이 불고
내 마음은 바람 따라 돌고 있다.

별리

우리 다시는 만나지 못하리

그대 꽃이 되고 풀이 되고
나무가 되어
내 앞에 있는다 해도 차마
그대 눈치채지 못하고

나 또한 구름 되고 바람 되고
천둥이 되어
그대 옆을 흐른다 해도 차마
나 알아보지 못하고

눈물은 번져
조그만 새암을 만든다
지구라는 별에서의
마지막 만남과 헤어짐

우리 다시 사람으로는 만나지 못하리.

말은 그렇게 한다

너 떠난 뒤
너 없이 나
어떻게 살 것인지
모르지만

나 떠난 뒤
나 없이도 너
잘 살아라
씩씩하게 살아라

아침에 새로 피는
꽃처럼
한낮에 하늘 나는
새처럼

말은 그렇게 한다.

오늘도 그대는 멀리 있다

전화 걸면 날마다
어디 있냐고 무엇 하냐고
누구와 있냐고 또 별일 없냐고
밥은 거르지 않았는지 잠은 설치지 않았는지
묻고 또 묻는다

하기는 아침에 일어나
햇빛이 부신 걸로 보아
밤사이 별일 없긴 없었는가 보다

오늘도 그대는 멀리 있다

이제 지구 전체가 그대 몸이고 맘이다.

겨울 차창

너의 생각 가슴에 안으면
겨울도 봄이다
웃고 있는 너를 생각하면
겨울에도 꽃이 핀다

어쩌면 좋으냐
이러한 거짓말
이러한 거짓말이 아직도
나에게 유효하고
좋기만 한 것

지금은 이른 아침
청주 가는 길
차창 가에 자욱한 겨울 안개
안개 뒤에 옷 벗은
겨울나무들

왜 오늘따라 겨울 안개와

겨울나무가 저토록 정답고

가슴 가까이 다가오는 것이냐.

언제까지

네 모습 보기만 해도
찌릿하니 아린 가슴

네 목소리 듣기만 해도
화들짝 놀라는 마음

내 마음은 네가 피우는 꽃
네가 빗장 열어주는 하늘

흰 구름 흘러가고
바람 지나가고

온갖 어지러운 생각들
찾아왔다가 떠나가고

내가 언제까지 네 앞에서
이럴라나 모르겠다.

오늘의 약속

덩치 큰 이야기, 무거운 이야기는 하지 않기로 해요
조그만 이야기, 가벼운 이야기만 하기로 해요
아침에 일어나 낯선 새 한 마리가 날아가는 것을 보았다든지
길을 가다 담장 너머 아이들 떠들며 노는 소리가 들려 잠시
발을 멈췄다든지
매미 소리가 하늘 속으로 강물을 만들며 흘러가는 것을 문득
느꼈다든지
그런 이야기들만 하기로 해요

남의 이야기, 세상 이야기는 하지 않기로 해요
우리들의 이야기, 서로의 이야기만 하기로 해요
지나간 밤 쉽게 잠이 오지 않아 애를 먹었다든지
하루 종일 보고픈 마음이 떠나지 않아 가슴이 뻐근했다든지

모처럼 갠 밤하늘 사이로 별 하나 찾아내어 숨겨놓은 소원을
빌었다든지
그런 이야기들만 하기로 해요

실은 우리들 이야기만 하기에도 시간이 많지 않은 걸 우리는
잘 알아요
그래요, 우리 멀리 떨어져 살면서도
오래 헤어져 살면서도 스스로
행복해지기로 해요
그게 오늘의 약속이에요.

하나님께

또다시 한 사람
남몰래 숨겨놓고 생각함을
용서해주십시오

여러 번 되풀이 드리는 말씀이지만
그는 제 마음의 등불입니다
그는 제 마음의 꽃입니다
그가 없으면 하루 한 시간도
견디기 어렵습니다
숨 쉬는 것조차 힘듭니다
그러니 어쩝니까?

그 같은 한 사람
저에게 허락하심을
감사합니다.

너를 알고 난 다음부터

너를 알고 난 다음부터 나는
잠을 자도
혼자 잠을 자는 것이 아니라
너와 함께 잠을 자는 것이요,

너를 알고 난 다음부터 나는
길을 걸어도
혼자 걷는 것이 아니라
너와 함께 걷는 것이요,

너를 알고 난 다음부터 나는
달을 보아도
혼자 바라보는 달이 아니라
너와 함께 바라보는 달이다.

너를 알고 난 다음부터 나는
노래를 들어도
혼자 듣는 노래가 아니라
너와 함께 듣는 노래이다.

떠나는 사람에게

그거 알아요?

고무풍선 줄을 잡고 있던 아이가
풍선 줄을 놓는 바람에
하늘 높이 떠올라 어디론가
떠가는 고무풍선의 불안한 자유

그거 알아요?

누군가 만나긴 만나야지 생각하면서
집을 나서긴 나섰는데
만날 사람도 가야 할 곳도
마뜩하게 떠오르지 않을 때의 막막한 발길

가더라도 마음만은 조금
남겨두고 가기예요
아니, 이쪽의 마음이라도 조금
데리고 가기예요.

꽃피는 도화동

끝내 말하고 싶지 않았다

내 스물다섯 살 1월의 인천시, 번지수도 잊어먹은 도화동
한 처녀한테 반해 사랑을 구걸하러 가는 길이었다
싸구려 모직 밤색 양복 차려입고
단도직입으로 처녀의 부모 허락을 얻으러 가던 길이었다

꼬불꼬불 염소 창자처럼 길고도 가느른 길을 따라
겨울철이라 깊게 그늘이 드리워져 있었고
처음 보는 집들이 다닥다닥 붙어 있던 골목길 끄트머리
밀가루방앗간 안집이 처녀네 집이었다

그러나 끝내 거절당하고 말았다 울면서 돌아서야만 했다
낯선 고장의 찬바람에 두 볼이 얼어
겨울철인데도 복사꽃이 마구 피어나고 있었다
복사꽃잎은 눈 위에 떨어지면서 얼음이 되고 있었다

지금도 찾아가면 분명 그 자리에 있을 것만 같은
인천시 도화동 밀가루방앗간 안집
내가 처음 사랑을 고백하고 거절당했던 처녀네 집
코가 발름하고 두 볼이 언제나 볼그레했던 제물포 처녀

끝내 잊을 수 있었던 건 아니었다.

사랑 2

사랑할까 겁나요, 당신
언젠가 당신 미워할지도 모르고
헤어질지도 몰라서지요

미워할까 겁나요, 당신
미워하는 마음 옹이가 되어 내가
나를 더 미워할 것만 같아서지요

이제는 당신 사랑하지 않는 것이
나의 사랑이어요.

대숲 아래서

1

바람은 구름을 몰고
구름은 생각을 몰고
다시 생각은 대숲을 몰고
대숲 아래 내 마음은 낙엽을 몬다.

2

밤새도록 댓잎에 별빛 어리듯
그슬린 등피에는 네 얼굴이 어리고
밤 깊어 대숲에는 후둑이다 가는 밤 소나기 소리
그러고도 간간이 사운대다 가는 밤바람 소리.

3

어제는 보고 싶다 편지 쓰고
어젯밤 꿈엔 너를 만나 쓰러져 울었다
자고 나니 눈두덩엔 메마른 눈물자죽,
문을 여니 산골엔 실비단 안개.

4

모두가 내 것만은 아닌 가을,
해 지는 서녘 구름만이 내 차지다
동구 밖에 떠드는 애들의
소리만이 내 차지다
또한 동구 밖에서부터 피어오르는
밤안개만이 내 차지다

하기는 모두가 내 것만은 아닌 것도 아닌

이 가을,

저녁밥 일찍이 먹고

우물가에 산보 나온

달님만이 내 차지다

물에 빠져 머리칼 헹구는

달님만이 내 차지다.

이제 바람이 찹니다

이제 바람이 찹니다
스산한 바람이 마른 잎에 불고
우리의 긴 이별이 있어야 하겠습니다

한 마리의 나비도 꽃도 없는 그런 세월을
깊은 밤처럼 기다려야 하겠습니다

체온이 그리운 계절, 이런 세월을 살면서
나는 보낼 길 없는 편지를
밤마다 촛불을 밝히며 써야겠습니다

그리하여 나는 당신만을 위하여
시를 쓰겠습니다

이제 바람이 마른 잎에 불고
깊은 산속 둥지선 어린 새들이 추워 떨고
긴긴밤을 나와 당신은 서로의 가슴에
부칠 길 없는 편지를 쓰며
우리의 긴 이별이 있어야 하겠습니다.

모를 일

만나자고 그러면
잘 만나주지 않고
전화 걸어도 잘 받지 않고
카톡 보내면 대꾸도
하지 않던 그 아이
이제 그만 만나자 그러니
고개 숙이고
이제는 전화 걸지
않을 거라 말하니
눈물이 글썽
드디어 탁자 위에 뚝
한 방울 눈물
그건 또 왜 그런지
모를 일이다.

끝내 하지 못한 말

어제 한 말을 오늘 또다시 되풀이합니다
그제도 한 말을 오늘 또다시 되풀이합니다

잘 지내고 있느냐고
별일 없느냐고
밥 잘 먹고 잠 잘 자고 친구들이랑 웃으며
마음 편하게 잘 지내고 있느냐고

그러나 마음속에 숨겨두고 끝내 하지 못한 말
그것은 당신도 이미 잘 알고 있는 말 한마디입니다
오늘도 끝내 하지 못하고 내일도 하지 못하는
말 한마디입니다

끝내 하지 못한 말 한마디
당신 가슴에 꽃이 되어 피어나고
내 가슴에 별이 되어 반짝입니다.

들국화 2

울지 않는다면서 먼저
눈썹이 젖어

말로는 잊겠다면서 다시
생각이 나서

어찌하여 우리는
헤어지고 생각나는 사람들입니까?

말로는 잊어버리마고
잊어버리마고……

등피
아래서.

나무에게 말을 걸다

우리가 과연
만나기나 했던 것일까?

서로가 사랑한다고
믿었던 때가 있었다
서로가 서로를 아주 잘
알고 있다고 믿었던 때가 있었다
가진 것을 모두 주어도
아깝지 않다고 생각하던 시절도 있었다

바람도 없는데
보일 듯 말 듯
나무가 몸을 비튼다.

가을 서한 1

1

끝내 빈손 들고 돌아온 가을아,
종이 기러기 한 마리 안 날아오는 비인 가을아,
내 마음까지 모두 주어버리고 난 지금
나는 또 그대에게 무엇을 주어야 할까 몰라.

2

새로 국화잎새 따다 수놓아
새로 창호지문 바르고 나면
방 안 구석구석까지 밀려들어오는 저승의 햇살
그것은 가난한 사람들만의 겨울 양식.

3

다시는 더 생각하지 않겠다,

다짐하고 내려오는 등성이에서

돌아보니 타닥타닥 영그는 가을 꽃씨 몇 움큼

바람 속에 흩어지는 산 너머 기적 소리.

4

가을은 가고

남은 건

바바리코트 자락에 날리는 바람

때 묻은 와이셔츠 깃

가을은 가고
남은 건
그대 만나러 가는 골목길에서의
내 휘파람 소리

첫눈 내리는 날에
켜질
그대 창문의 등불빛
한 초롱.

가을 서한 2

1

당신도 쉽사리 건져주지 못할 슬픔이라면
해 질 녘 바닷가에 나와 서 있겠습니다
금방 등 돌리며 이별하는 햇볕들을 만나기 위하여
그 햇볕들과 두 번째의 이별을 갖기 위하여.

2

눈 한번 감았다 뜰 때마다
한 겹씩 옷을 벗고 나서는 구름
멀리 웃고만 계신 당신 옆모습이랄까?
손 안 닿을 만큼 멀리 빛나는 슬픔의 높이.

3
아무의 뜨락에도 들어서보지 못하고
아무의 들판에서 쉬지도 못하고
기웃기웃 여기 다다랐습니다
고개 들어 우러르면 하늘, 당신의 이마.

4
호오, 유리창 위에 입김 모으고
그 사람 이름 썼다 이내 지우는
황홀하고도 슬픈 어리석음이여,
혹시 누구 알 이 있을까 몰라…….

보고 싶은 날

남몰래 혼자 부르고 싶은 이름을
가졌다는 것은
황홀하도록 기쁜 일이다

남몰래 혼자 생각하고픈 사람을
가졌다는 것은
슬프도록 기쁜 일이다

나 혼자만 생각하다가 잠이 들고
나 혼자만 생각하다가 잠이 깨고픈
사람을 갖는다는 건
행복하도록 외로운 일이다

나를 산의 나무, 들의 풀이라
불러다오
내 몸의 어디를 건드리든지
푸른 풀물 향그런 나무 내음이
번질 것만 같지 않느냐

나를 조그만 북이라고
불러다오
내 몸의 어디를 건드리든지
두둥둥둥 두둥둥둥
북소리가 울릴 것만 같지 않느냐!

내가 너를

내가 너를
얼마나 좋아하는지
너는 몰라도 된다

너를 좋아하는 마음은
오로지 나의 것이요,
나의 그리움은
나 혼자만의 것으로도
차고 넘치니까……

나는 이제
너 없이도 너를
좋아할 수 있다.

바람에게 묻는다

바람에게 묻는다
지금 그곳에는 여전히
꽃이 피었던가 달이 떴던가

바람에게 듣는다
내 그리운 사람 못 잊을 사람
아직도 나를 기다려
그곳에서 서성이고 있던가

내게 불러줬던 노래
아직도 혼자 부르며
울고 있던가.

그리움

더는 참을 수 없다
이제는 먹을 갈아야지.

배회

사랑하는 사람아, 너는 모를 것이다
이렇게 멀리 떨어진 변방의 둘레를 돌면서
내가 얼마나 너를 생각하고 있는가를

사랑하는 사람아, 너는 까마득 짐작도 못 할 것이다
겨울 저수지의 외곽길을 돌면서
맑은 물낯에 산을 한 채 비쳐보고
겨울 흰 구름 몇 송이 띄워보고
볼우물 곱게 웃음 웃는 너의 얼굴 또한
그 물낯에 비쳐보기도 하다가
이내 싱거워 돌멩이 하나 던져 깨뜨리고 마는
슬픈 나의 장난을.

산수유꽃 진 자리

사랑한다, 나는 사랑을 가졌다

누구에겐가 말해주긴 해야 했는데

마음 놓고 말해줄 사람 없어

산수유꽃 옆에 와 무심히 중얼거린 소리

노랗게 핀 산수유꽃이 외워두었다가

따사로운 햇빛한테 들려주고

놀러온 산새에게 들려주고

시냇물 소리한테까지 들려주어

사랑한다, 나는 사랑을 가졌다

차마 이름까진 말해줄 수 없어 이름만 빼고

알려준 나의 말

여름 한 철 시냇물이 줄창 외우며 흘러가더니

이제 가을도 저물어 시냇물 소리도 입을 다물고

다만 산수유꽃 진 자리 산수유 열매들만

내리는 눈발 속에 더욱 예쁘고 붉습니다.

사랑의 기쁨

너로 하여
세상이 초록빛으로 변했다면
아마 너는 나를
거짓말쟁이라 할 것이다

너로 하여
세상이 갑자기 신바람 나는 세상이 되었다면
역시 너는 나를
거짓말쟁이라 할 것이다

너를 얻은 뒤부터
세상 전부를 얻은 것 같았다고 말한다면
더더욱 너는 나를
거짓말쟁이라 할 것이다

너로 하여

나의 세상이 서럽고 외로운 세상이 되었다면

그 또한 너는 나를

거짓말쟁이라 할 것이다.

세상에 나와 나는

세상에 나와 나는
아무것도 내 몫으로
차지하려 하지 않았습니다

꼭 갖고 싶은 것이 있었다면
푸른 하늘빛 한 쪽
바람 한 줌
노을 한 자락

더 욕심을 부린다면
굴러가는 나뭇잎새
하나

세상에 나와 나는
어느 누구도 사랑하는 사람으로
간직해두고 싶지 않았습니다

꼭 사랑하는 사람이 있었다면
단 한 사람
눈이 맑은 그 사람
가슴속에 맑은 슬픔을 간직한 사람

더 욕심을 부린다면
늙어서 나중에도 부끄럽지 않게
만나고 싶은 한 사람
그대.

첫눈

요즘 며칠 너 보지 못해
목이 말랐다

어젯밤에도 깜깜한 밤
보고 싶은 마음에
더욱 깜깜한 마음이었다.

몇날 며칠 보고 싶어
목이 말랐던 마음
깜깜한 마음이
눈이 되어 내렸다

네 하얀 마음이 나를
감싸 안았다.

보고 싶다

보고 싶다,
너를 보고 싶다는 생각이
가슴에 차고 가득 차면 문득
너는 내 앞에 나타나고
어둠 속에 촛불 켜지듯
너는 내 앞에 나와서 웃고

보고 싶었다,
너를 보고 싶었다는 말이
입에 차고 가득 차면 문득
너는 나무 아래서 나를 기다린다
내가 지나는 길목에서
풀잎 되어 햇빛 되어 나를 기다린다.

꽃 1

다시 한번만 사랑하고
다시 한번만 죄를 짓고
다시 한번만 용서를 받자

그래서 봄이다.

2부

당신 있음이

그냥

　　　행복이다

세상의 모든
아내들에게 ─────────

선물 1

하늘 아래 내가 받은
가장 커다란 선물은
오늘입니다

오늘 받은 선물 가운데서도
가장 아름다운 선물은
당신입니다

당신 나지막한 목소리와
웃는 얼굴, 콧노래 한 구절이면
한 아름 바다를 안은 듯한 기쁨이겠습니다.

너에게 감사

사랑하는 사람들 사이에서는
더 많이 사랑하는 사람이
단연코 약자라는 비밀

어제도 지고
오늘도 지고
내일도 지는 일방적인 줄다리기

지고서도 오히려
기분이 나쁘지 않고
홀가분하기까지 한 게임

사랑하는 사람들 사이에서는
더 많이 지는 사람이
끝내는 승자라는 비밀

그걸 깨닫게 해준 너에게
감사한다.

점

얼굴이 하얀 여자는
자기 얼굴에 난
까만 점이 부끄러웠다
그러나 남자는 그 점이
사랑스러웠다
여자의 부끄러워하는 마음과
남자의 사랑하는 마음이
그 여자의 까만 점 안에서 만나
더욱 빛나고 단단한
또 하나의 점을 이룩했다.

봄비

사랑이 찾아올 때는
엎드려 울고

사랑이 떠나갈 때는
선 채로 울자

그리하여 너도 씨앗이 되고
나도 씨앗이 되자

끝내는 우리가 울울창창
서로의 그늘이 되자.

부끄러움

앞으로 내민 손을
잡을 수 없어요

얼굴 마주하기
부끄러워 그렇고요
남이 볼까 그렇지요

그 대신 등 뒤로 내미는 손
잡아드릴게요

그것이 제 믿음이고
제 마음의 표현이에요.

뜻대로 하소서

주여, 저는 사랑하고
괴로워하나이다
괴로워하고 또
사랑하나이다

장독대에 즐비한
장독들
가운데서도 금이 가고
귀 떨어진 소금항아리

고쳐 쓰시든지
버리시든지
뜻대로 하소서.

나의 사랑은 가짜였다

말로는 그랬다
사랑은 지는 것이라고
지고서도 마음 편한 것이라고

그러나 정말로 지고서도
편안한 마음이 있었을까?

말로는 그랬다
사랑은 버리는 것이라고
버리고서도 행복해하는 마음이라고

그러나 정말 버리고서도
행복한 마음이 있었을까?

사랑의 방식

나는 이제 너하고
영원한 사랑을
약속할 수는 없다
이 세상 끝까지라고
말하진 못한다

다만 오늘까지
너를 생각하고
지금 이 순간만은
온전하고도 슬프게
너를 사랑할 수 있다고
자신 있게 말한다

이것이 오늘 나의

최선이다

나의 사랑의 방식이다.

바람 부는 날

두 나무가 서로 떨어져 있다 해서
사랑하지 않는 건 아니다
두 나무가 마주 보고 있지 않다고 해서
서로 생각하지 않는 건 아니다

바람 부는 날 홀로
숲속에 가서 보아라
이 나무가 흔들릴 때
저 나무도 마주 흔들린다

그것은 이 나무가 저 나무를
끊임없이 사랑한다는 표시이고
저 나무 또한 이 나무를
쉬지 않고 생각한다는 증거

오늘 너 비록 멀리 있고

나도 멀리 말이 없지만

우리가 서로 사랑하지 않는 건 아니고

서로 생각하지 않는 건 아니다.

사랑에 답함

예쁘지 않은 것을 예쁘게
보아주는 것이 사랑이다

좋지 않은 것을 좋게
생각해주는 것이 사랑이다

싫은 것도 잘 참아주면서
처음만 그런 것이 아니라

나중까지 아주 나중까지
그렇게 하는 것이 사랑이다.

꽃 2

예쁘다는 말을
가볍게 삼켰다

안쓰럽다는 말을
꿀꺽 삼켰다

사랑한다는 말을
어렵게 삼켰다

섭섭하다, 안타깝다,
답답하다는 말을 또 여러 번
목구멍으로 넘겼다

그러고서 그는 스스로 꽃이 되기로 작정했다.

꽃 3

예뻐서가 아니다
잘나서가 아니다
많은 것을 가져서도 아니다
다만 너이기 때문에
네가 너이기 때문에
보고 싶은 것이고 사랑스런 것이고 안쓰러운 것이고
끝내 가슴에 못이 되어 박히는 것이다
이유는 없다
있다면 오직 한 가지
네가 너라는 사실!
네가 너이기 때문에
소중한 것이고 아름다운 것이고 사랑스런 것이고 가득한
것이다
꽃이여, 오래 그렇게 있거라.

별짓

어제 사서 감추어 가지고 온 귀걸이를 아침에 내밀었다
아이 뭘
쫑알대며 받아서 걸어보는 너의 귀가 조그만 나비처럼 예
뻤다

점심때 함께 식사하고 나오며 네 신발을 가지런히 돌려주
었다
아이 뭘
신을 신는 너의 두 발이 꼭 포유동물의 눈 못 뜬 새끼들처럼
귀여웠다

오후에 가게에서 소프트아이스크림을 사들고 뛰어와 너에
게 주었다

아이 뭘

아이스크림을 베어 무는 너의 입술이 하늘붕어처럼 사랑스
러웠다

아이 뭘……

내가 별짓을 다 한다.

맑은 하늘

하늘이 너무 맑아
눈물이 나려고 한다

네가 너무 예뻐
눈물이 나려고 한다

아니다

내가 너무 불쌍해서
눈물이 나려고 한다.

벗은 발

네 벗은 발이 내게
부끄럽지 않을 때까지

내 벗은 발이 또 네게
부끄럽지 않을 때까지

그것이 믿음
또 하나의 사랑

부끄럼도 사랑이고
믿음은 더욱 사랑이기에.

주제넘게도

주제넘게도
남은 청춘을 생각해본다

주제넘게도
남은 사랑을 생각해본다

촛불은 심지까지
타버리고 나서야 촛불이고

사랑은 단 한 번뿐이라야
사랑이라던데……

지상에서의 며칠

때 절은 종이 창문 흐릿한 달빛 한 줌이었다가
바람 부는 들판의 키 큰 미루나무 잔가지 흔드는 바람이었
다가
차마 소낙비일 수 있었을까? 겨우
옷자락이나 머리칼 적시는 이슬비였다가
기약 없이 찾아든 바닷가 민박집 문지방까지 밀려와
칭얼대는 파도 소리였다가
누군들 안 그러랴
잠시 머물고 떠나는 지상에서의 며칠, 이런저런 일들
좋았노라 슬펐노라 고달팠노라
그대 만나 잠시 가슴 부풀고 설렜었지
그러고는 오래고 긴 적막과 애달픔과 기다림이 거기 있었지
가는 여름 새끼손톱에 스며든 봉숭아 빠알간 물감이었다가
잘려 나간 손톱조각에 어른대는 첫눈이었다가
눈물이 고여서였을까? 눈썹
깜짝이다가 눈썹 두어 번 깜짝이다가…….

때로 사랑은

때로 사랑은 같은 느낌을 갖는다는 것
함께 땀 흘리며 같은 일을 한다는 것
정답게 손을 잡고 길을 걷는다는 것

그것에 더가 아닙니다

때로 사랑은 서로 말이 없이도
서로의 가슴속 말을 마음의 귀로
알아들을 수 있다는 것

그보다 더 좋을 게 없습니다.

꽃 4

너는 왜 내 앞에서
시집 안 오겠다며
눈물 젖은 눈 글썽이는지?

집이 시골이고
직업이 초등학교 선생이라서
내 각시 되지 않겠다면 그만이지,
왜 자꾸 울기만 하는지?

내사 참말 니 맘
모르겠다 모르겠다

우는 여자
너 그렇게 서러운
내게는 꽃일 줄이야.

비밀일기 2

나는 흰 구름에 관심이 많은 사람이라고
말을 했다

너는 자동차나 집에 더 관심이 많은 사람이라고
말을 받았다

그러면 사는 일이 고달플 텐데……
그래도 제 분수껏 잘 살아요

활짝 웃으며 대답하는 너의 얼굴이
더욱 예뻐 보였다.

끝끝내

너의 얼굴 바라봄이 반가움이다
너의 목소리 들음이 고마움이다
너의 눈빛 스침이 끝내 기쁨이다

끝끝내

너의 숨소리 듣고 네 옆에
내가 있음이 그냥 행복이다
이 세상 네가 살아 있음이
나의 살아 있음이고 존재 이유다.

연애

날마다 잠에서
깨어나자마자 당신 생각을
마음속 말을 당신과 함께
첫 번째 기도를 또 당신을 위해

그런 형벌의 시절도 있었다.

목련꽃 낙화

너 내게서 떠나는 날
꽃이 피는 날이었으면 좋겠네
꽃 가운데서도 목련꽃
하늘과 땅 위에 새하얀 꽃등
밝히듯 피어오른 그런
봄날이었으면 좋겠네

너 내게서 떠나는 날
나 울지 않았으면 좋겠네
잘 갔다 오라고 다녀오라고
하루치기 여행을 떠나는 사람
가볍게 손 흔들듯 그렇게
떠나보냈으면 좋겠네

그렇다 해도 정말
마음속에서는 너도 모르게
꽃이 지고 있겠지
새하얀 목련꽃 흐득흐득
울음 삼키듯 땅바닥으로
떨어져 내려앉겠지.

오랜 사랑

바위는 부서져 모래가 되는데
사람의 마음은 부서져 무엇이 되나?

밤새워 우는 새
아침 이슬
기와집 처마 끝에 걸린 초승달
더러는 풍경 소리

바다는 변하여 뭍이 되는데
우리의 사랑은 변하여 무엇이 되나?

그런 사람으로

그 사람 하나가
세상의 전부일 때 있었습니다

그 사람 하나로 세상이 가득하고
세상이 따뜻하고

그 사람 하나로
세상이 빛나던 때 있었습니다

그 사람 하나로 비바람 거센 날도
겁나지 않던 때 있었습니다

나도 때로 그에게 그런 사람으로
기억되고 싶습니다.

다시없는 부탁

부디 앓지 말고 더는
늙지 않기를 바라요

욕심이야 하루하루
버리며 사는 게 좋다지만
희망까지 버려서는
안 될 일이겠지요

이것이 다시없는
부탁이에요.

사랑에의 권유

사랑 때문에 다만
사랑하는 일 때문에
울어본 적 있으신지요?

보고 싶은 마음 때문에 오직
한 사람이 보고 싶은 마음 때문에
밤을 꼬박 새워본 적 있으신지요?

그것이 철없음이라도 좋겠고
어리석음이라도 좋겠고
서툰 인생이라 해도 충분히 좋겠습니다

한 사람의 여자를 위하여
한 사람의 남자를 위하여 다시금
떨리는 손으로 길고 긴 편지를
써보고 싶은 생각은 없으신지요?

부디 잊지 마시기 바라요
한 사람의 일로 밤을 새우고
오직 그 일로 해서 지구가 다
무너질 것만 같았던 날들이 분명
우리에게 있었음을

그리하여 우리가 한때나마 지상에서
행복하고 슬프고도 외로운 사람이었음을
부디 후회하지 마시기 바라요.

선물 2

나에게 이 세상은 하루하루가 선물입니다
아침에 일어나 만나는 밝은 햇빛이며 새소리,
맑은 바람이 우선 선물입니다

문득 푸르른 산 하나 마주했다면 그것도 선물이고
서럽게 서럽게 뱀 꼬리를 흔들며 사라지는
강물을 보았다면 그 또한 선물입니다

한낮의 햇살 받아 손바닥 뒤집는
잎사귀 넓은 키 큰 나무들도 선물이고
길 가다 발밑에 깔린 이름 없어 가여운
풀꽃들 하나하나도 선물입니다

무엇보다도 먼저 이 지구가 나에게 가장 큰 선물이고
지구에 와서 만난 당신,
당신이 우선적으로 가장 좋으신 선물입니다

저녁 하늘에 붉은 노을이 번진다 해도 부디
마음 아파하거나 너무 섭하게 생각지 마셔요
나도 또한 이제는 당신에게
좋은 선물이었으면 합니다.

비단강

비단강이 비단강임은
많은 강을 돌아보고 나서야
비로소 알겠습니다

그대가 내게 소중한 사람임은
더 많은 사람들을 만나고 나서야
비로소 알겠습니다

백 년을 가는
사람 목숨이 어디 있으며
오십 년을 가는
사람 사랑이 어디 있으랴……

오늘도 나는
강가를 지나며
되뇌어봅니다.

들길을 걸으며

1

세상에 와 그대를 만난 건
내게 얼마나 행운이었나
그대 생각 내게 머물므로
나의 세상은 빛나는 세상이 됩니다
많고 많은 사람 중에 그대 한 사람
그대 생각 내게 머물므로
나의 세상은 따뜻한 세상이 됩니다.

2

어제도 들길을 걸으며
당신을 생각했습니다
오늘도 들길을 걸으며
당신을 생각했습니다
어제 내 발에 밟힌 풀잎이
오늘 새롭게 일어나

바람에 떨고 있는 걸
나는 봅니다
나도 당신 발에 밟히면서
새로워지는 풀잎이면 합니다
당신 앞에 여리게 떠는
풀잎이면 합니다.

맨발

너의 발을 만져주고 싶다

어찌 꽃밭길만 걸어왔겠느냐
어찌 순한 파도 머리만 밟고 왔겠느냐

때로는 진흙밭길 자갈밭길을 걸어오고
성난 파도 머리를 달래며 왔겠지

그래도 여전히 순하고 부드럽고
향기로운 발, 너의 맨발

너의 맨발을 쓰다듬어주고 싶다.

지는 해 좋다

지는 해 좋다
볕바른 창가에 앉은 여자
눈 밑에 가늘은 잔주름을 만들며
웃고 있다

이제 서둘지 않으리라
두 손 맞잡고 밤을 새워
울지도 않으리라

그녀 두 눈 속에 내가 있음을
내가 알고
나의 마음속에 그녀가 살고 있음을
그녀가 안다

지는 해 좋다
산그늘이 또 다른 산의 아랫도리를
가린다

그늘에 덮이고 남은
산의 정수리가
더욱 환하게 빛난다.

3부

너를 생각하면
가슴속에
새싹이 돋아나

세상의 모든
딸들에게 ──────

봄의 사람

내 인생의 봄은 갔어도
네가 있으니
나는 여전히 봄의 사람

너를 생각하면
가슴속에 새싹이 돋아나
연초록빛 야들야들한 새싹

너를 떠올리면
마음속에 꽃이 피어나
분홍빛 몽골몽골한 꽃송이

네가 사는 세상이 좋아
너를 생각하는 내가 좋아
내가 숨 쉬는 네가 좋아.

너에게 고마워

오늘도 애썼겠구나
잘 자거라 일찍 자거라

오늘도 나는 멀리 네가 있어
너를 생각하는 내가 있어
하루해가 정답고 편안하고
세상이 다시 한번 따뜻해진단다

너를 멀리 생각하면
하늘도 조그마해지고
어둔 밤도 환해지고
나의 마음은 젊어지다 못해
어려지기까지 한단다

그래서 고마워 너에게 고마워.

사랑받는 사람

내가 너 많이 사랑하는 줄
너도 알지?

어떤 경우에도 너 자신을
아끼고 사랑하기 바란다

곱고도 여린 너의 몸과 마음
상할라 지칠라 걱정이란다.

청춘을 위하여

힘들지?
힘들었지?
힘들었을 거야

내 사랑이
너의 힘듦을
조금이라도
덜어줄 수만 있다면
얼마나 좋을까?

안아줄 수도 없는
안타까움
바라보기에도 힘든
안쓰러움

조금만
기다려보라는 말도
차마 건넬 수 없어
다만 네 발밑에
무릎을 꿇는다.

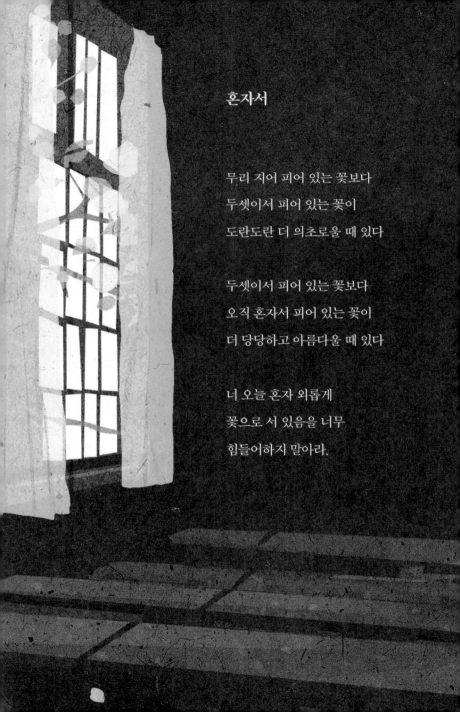

혼자서

무리 지어 피어 있는 꽃보다
두셋이서 피어 있는 꽃이
도란도란 더 의초로울 때 있다

두셋이서 피어 있는 꽃보다
오직 혼자서 피어 있는 꽃이
더 당당하고 아름다울 때 있다

너 오늘 혼자 외롭게
꽃으로 서 있음을 너무
힘들어하지 말아라.

웃기만 한다

하나님은 나를 사랑하시고

하나님이 사랑하시는 나는
너를 사랑한다

내가 사랑하는 너는
누구를 사랑하느냐?

너는 웃기만 한다.

서로가 꽃

우리는 서로가
꽃이고 기도다

나 없을 때 너
보고 싶었지?
생각 많이 났지?

나 아플 때 너
걱정됐지?
기도하고 싶었지?

그건 나도 그래
우리는 서로가
기도이고 꽃이다.

길거리에서의 기도

길거리에서
바람 부는 길거리에서
먼 길 채비하는 너의 발을 잡고
기도를 한다

이 발에 축복 있으소서
가호 있으소서
먼 길 가도 부디
지치지 않게 하시고

어려운 일 파도를 지나
다시 밝은 등불 켜지는
이 거리 이곳으로
끝내 돌아오게 하소서

그러면 금세 너는
한 마리 기린이 되기도 한다
키가 크고 다리도 튼튼한
기린 말이다

성큼성큼 걸어서 그래
빌딩 사이 별밭 사이
머나먼 길 떠났다가
다시 내 앞으로 돌아오거라.

축하

하늘을 안아주고
땅을 안아주고
그 남은 힘으로
너까지 안아주고 싶다.

사랑 3

하나님은 어떻게 알고
너를 내게 보내주셨을까?

작은 바람에도
두렵게 떨리는 악기

천만리 흘러넘친 비단의
노을 강물

그냥 가슴에 안아본다
거부할 수 없는 세상, 너.

너를 두고

세상에 와서
내가 하는 말 가운데서
가장 고운 말을
너에게 들려주고 싶다

세상에 와서
내가 가진 생각 가운데서
가장 예쁜 생각을
너에게 주고 싶다

세상에 와서
내가 할 수 있는 표정 가운데
가장 좋은 표정을
너에게 보이고 싶다

이것이 내가 너를
사랑하는 진정한 이유
나 스스로 네 앞에서 가장
좋은 사람이 되고 싶은 소망이다.

행복

아니야 행복은
인생의 끝자락 어디에
숨어 있는 게 아니라
인생 그 자체에 있고
행복을 찾아가는 길
그 길 위에 이미 있다는 걸
너도 알겠지?

가다가 행복을
찾아가다가 언제든 끝이 나도
그 자체로서 행복해져야
그것이 정말로 행복이라는 걸
너도 이미 잘 알겠지?

오늘은 모처럼

맑게 갠 가을 하늘

너를 멀리 나는 또

보고 싶어 한단다.

내가 사랑하는 사람

내가 좋아하는 사람은
슬퍼할 일을 마땅히 슬퍼하고
괴로워할 일을 마땅히 괴로워하는 사람

남의 앞에 섰을 때
교만하지 않고
남의 뒤에 섰을 때
비굴하지 않은 사람

내가 좋아하는 사람은
미워할 것을 마땅히 미워하고
사랑할 것을 마땅히 사랑하는
그저 보통의 사람.

가난한 소망

오늘도
힘들게 힘들게 하루가 갔다
지구를 두 팔로 안아 들어올리듯
힘들게 힘들게 하루를 보냈다

그건 아마 너도 그랬을 터
뱃멀미 거센 파도와 바람 무릅쓰고
먼바다 흔들리는 먼바다 나가
얼마나 많은 고기를 잡아 왔을까

그렇지만 아이야
잡은 고기가 비록 많지 않고
이룬 일 비록 많지 않아도
하루를 마음 졸여 무사히
잘 보낸 것만 우선 고마워하자

지금은 또다시 저녁
어둠이 우리의 피곤한 몸과 마음
감싸 안아 쉬게 한다
쉬어라 쉬어라 타일러준다

밤이 가면 다시금
해가 뜨고 새 아침
다시 잠에서 깨어 배를 타고
세상 깊숙이 떠나가야지
그것이 오늘은 옹색한 대로
우리의 소망이고 꿈이다.

태풍 다음 날

목소리 좀 듣자
목소리 좀 들려다오
잘 있다고
잘 있었다고

태풍 지나간
다음 날
하늘 맑고 푸르고
구름 더욱 높고 희다.

오지 못하는 마음

신발
신발 바닥이 많이
닳았겠다

내가 너를 기다리는 동안
너 또한 내게로 오지 못해
문밖에 서서

바장이다가
안달하다가
끝내 오지 못하는 마음

다시 신발이나
한 켤레 사서
너에게 보내줄까 그런다.

사랑이거든 가거라

사랑이거든 가거라
그가 예쁜 사람이든
예쁘지 않은 사람이든
사랑을 따라서 가거라

사랑이거든 가거라
그가 잘난 사람이든
잘나지 않은 사람이든
사랑과 함께 가거라

진정으로 사랑이거든 가거라
그가 건강한 사람이든
그렇지 않은 사람이든
사랑과 멀리 가거라

가서 둘이서

꽃을 만나라

꽃을 피우고 차라리

둘이서 꽃이 되거라

비록 그것이 잠시

아주 짧은 날이란들 어떠랴

사랑으로 후회 없고

사랑으로 잦아진다면

너희 둘이서

산이 된들 어쩔 것이며

바다가 되어 노을 속으로

저물어버린단들

어쩔 것이냐.

너의 이름

예슬아
예슬아
소리 내어 부를수록
입술이 부드러워져서

예슬아
예슬아
마음속으로 외울수록
가슴이 따뜻해져서

나는 풀잎
나는 이슬
나는 또 두둥실 하늘을
흘러가는 흰 구름배

너의 이름 부를수록
조금씩 착한 사람이
될 것만 같아서
아름다운 사람이 또
될 것만 같아서.

아이와 작별

그래 오늘 나도
네가 예뻐서 좋았다
그래 나도
네가 좋아해서 더 좋았다

그런데 말이다
밥 잘 먹고 잠 잘 자고
더 건강 씩씩해야만 된다
알았지? 정말 알았지?

안부

오래
보고 싶었다

오래
만나지 못했다

잘 있노라니
그것만 고마웠다.

멀리서 빈다

어딘가 내가 모르는 곳에
보이지 않는 꽃처럼 웃고 있는
너 한 사람으로 하여 세상은
다시 한번 눈부신 아침이 되고

어딘가 네가 모르는 곳에
보이지 않는 풀잎처럼 숨 쉬고 있는
나 한 사람으로 하여 세상은
다시 한번 고요한 저녁이 온다

가을이다, 부디 아프지 마라.

그리움

가보지 못한 골목들을
그리워하면서 산다

알지 못한 꽃밭,
꽃밭의 예쁜 꽃들을
꿈꾸면서 산다

세상 어디엔가
우리가 아직 가보지 못한 골목길과
우리가 아직 알지 못한 꽃밭이
숨어 있다는 것은
그것만으로도 얼마나
희망적인 일이겠니!

만나지 못했던 사람들을
만나기 위해서 산다

세상 어디엔가

우리가 아직 만나지 못한 사람들이

살고 있다는 것은

그것만으로도 얼마나

가슴 두근거려지는 일이겠니!

사진을 찍으며

너하고 사진 찍을 때마다
나는 마음이 기쁜 게 아니라
슬퍼

아마도 헤어질 시간을 앞두고
바쁘게 서둘러 찍는 사진이라
그럴 거야

살아가는 일이 하루하루
인생이 그대로
헤어짐이고 슬픔이고 또
오래인 기다림이라
그럴 거야

부디 우리가 오늘

헤어짐도 슬픔도

기다림까지도

행복이라 여기며 살자

생명의 축복이라 여기며 살자

내일을 믿는다

오늘을 믿고 또

너를 믿는다

살펴주실 누군가

크신 분의 손길을 믿는다.

너에게 보낸다

하늘이 좋다
구름이 좋다
맑은 하늘
맑은 마음
너에게 보낸다

나 여기 있다
너도 거기 잘 있어라
우리는 가끔씩
안부가 필요하다
소식이 필요하다

하늘이 좋다
바람이 좋다
이 좋은 바람
이 좋은 하늘
너에게 보낸다.

겨울에도 꽃 핀다

온다 온다 하면서도
못 온다
간다 간다 하면서도
못 간다

그래도 좋아
너는 여전히
내 마음속에 와서 살고
나도 여전히
네 마음속에 가서
살고 있을 테니까

이제 또다시 겨울

그래도 나는

꽃을 피운다

네 생각으로 순간순간

꽃을 피운다

너도 부디 꽃을 피워라

세상에는 없는 꽃

아무도 모르는 꽃

아직은 이름도 없는 꽃.

잘 가라 내 사랑

잘 가라 내 사랑
울지 말고 가거라
뒤돌아보지 말고 가거라
나 여기에 있다

언제든 생각나거든 오거라
지치거든 힘들거든 오거라
그날에도 나는
너를 기다리는 사람

네가 별이 되는 것이 아니고
네가 꽃이 되는 것이 아니고
내가 그대로 별이 되고
내가 그대로 꽃이 되마

아니 아니야
길바닥에 뒹구는
돌멩이 그대로
너를 기다리마.

너의 총명함을 사랑한다

너의 총명함을 사랑한다
너의 젊음을 사랑한다
너의 아름다움을 사랑한다
너의 깨끗함을 사랑한다
너의 꾸밈 없음과
꿈 많음을 사랑한다

너의 이기심도 사랑해주기로 한다
너의 경솔함도 사랑해주기로 한다
그리고 너의 유약함도 사랑해주기로 한다
너의 턱없는 허영과
오만도 사랑하기로 한다.

청춘을 위한 자장가

알았어요
우리 귀욤이
잘 자요
오늘 당한
힘겨움
어려움
때로는
억울함
다 내려놓고
잘 자요
잘 자렴
잠 속에서는
울먹이지 말고
울지 말고
너 혼자서도
빛나는

별이 되어

지구를

다 차지하고

하늘을

다 가지렴.

머플러를 사서 보낼게

보고 싶다 많이
보고 싶어도 네가 온다는
1월까지는 참아야지

이것이 또 나에겐
하루하루 희망이고
발돋움하고 살아가는 힘이다

지금은 조금쯤 찬바람에
목이 시린 12월도 중순
더욱 퍼렇게 흐르는 강물.

너 떠난 뒤

삽작눈 내리는 밤길을
혼자 걸었다

옷 벗은 나뭇가지가
하얀 입김이 어쩌면

그리도 정다우냐던
너를 생각하면서

너와 함께 눈을
맞고 싶다는 생각을 하면서.

좋다

좋아요
좋다고 하니까 나도 좋다.

그래도

나는 네가 웃을 때가 좋다
나는 네가 말을 할 때가 좋다
나는 네가 말을 하지 않을 때도 좋다
뾰로통한 네 얼굴, 무덤덤한 표정
때로는 매정한 말씨
그래도 좋다.

너에게 안녕

어떻게 지내니? 물어도
힘이 없는 목소리
언제 올 거야? 다시 물어도
글쎄요 심드렁한 말투

힘내라 힘내
우리 공주님
다시 한번 봄이 왔다가
봄이 물러갔지 않았니?

머지않아 여름
덥고 짜증도 나겠지만
힘있게 씩씩하게 살아야지
그래야 다시 만나지

여름에도 만나지 못한다면
가을에라도 만나야지
오늘도 안녕 부디 안녕
흐린 하늘 보고 인사를 한다.

참말로의 사랑은

참말로의 사랑은
그에게 자유를 주는 일입니다
나를 사랑할 수 있는 자유와
나를 미워할 수 있는 자유를 한꺼번에
주는 일입니다
참말로의 사랑은 역시
그에게 자유를 주는 일입니다
나에게 머물 수 있는 자유와
나를 떠날 수 있는 자유를 동시에
따지지 않고 주는 일입니다
바라만 보다가
반쯤만 눈을 뜨고
바라만 보다가.

꿈꾸노니

외롭다고 생각할 때일수록
혼자이기를

말하고 싶은 말이 많은 때일수록
말을 삼가기를

울고 싶은 생각이 깊을수록
울음을 안으로 곱게 삭이기를

꿈꾸고 꿈꾸노니—

많은 사람들로부터 빠져나와
키 큰 미루나무 옆에 서보고
혼자 고개 숙여 산길을 걷게 하소서.

용납하옵소서

제가 사랑하는 자는
지극히 아름다우며 귀한 자이오니
그가 가는 길에
저로 하여 덫이 되지 않게 하옵소서

제가 사랑하는 자가 가는 길은
지극히 빛나며 밝고 아름다운 길이오니
저로 하여 그가 주저하지 말게 하옵소서

제가 지극히 사랑하는 자가
빛나고 밝은 길, 아름다운 길을 가는 것을
저는 지극히 사랑하는 마음, 축복하는 마음으로
바라보기만 바랄 따름이오니
용납하옵소서
용납하옵소서.

사랑만이 남는다

2021년 1월 7일 초판 1쇄 | 2023년 1월 13일 13쇄 발행

지은이 나태주
펴낸이 박시형, 최세현

디자인 임동렬
마케팅 이주형, 양근모, 권금숙, 양봉호 **온라인마케팅** 신하은, 정문희, 현나래
디지털콘텐츠 김명래, 최은정, 김혜정 **해외기획** 우정민, 배혜림
경영지원 홍성택, 김현우, 강신우 **제작** 이진영
펴낸곳 마음서재 **출판신고** 2006년 9월 25일 제406-2006-000210호
주소 서울시 마포구 월드컵북로 396 누리꿈스퀘어 비즈니스타워 18층
전화 02-6712-9800 **팩스** 02-6712-9810 **이메일** info@smpk.kr

쌤앤파커스(Sam&Parkers)는 독자 여러분의 책에 관한 아이디어와 원고 투고를 설레는 마음으로 기
다리고 있습니다. 책으로 엮기를 원하는 아이디어가 있으신 분은 이메일 book@smpk.kr로 간단한
개요와 취지, 연락처 등을 보내주세요. 머뭇거리지 말고 문을 두드리세요. 길이 열립니다.